Collection dirigée par Jeanine et Jean Guion

Dans ton livre, tu trouveras :

• les mots difficiles expliqués page 31
• des jeux de lecture page 37
• les bonnes réponses des questions-dessins et les solutions des jeux à la fin.

Conception graphique : Klara Corvaisier • Mise en page : Jehanne Fitremann
Adaptation 3D du personnage de Ratus : Gabriel Rebufello
Création du monde de Ratus et scénarios des dessins : J. & J. Guion
Conception des jeux de lecture : J. & J. Guion
Photographies : page 38 tortue © Firma V / Fotolia - chien © mdorottya / Fotolia - autruche © kdreams02 / Fotolia - page 40 poisson © fivespots / Fotolia - cheval © virgonira / Fotolia - vache © www.isselee.com / Fotolia - mouton © inna_astakhova / Fotolia - cochon © Anatolii / Fotolia.

Loi n°49 956 du 16 juillet 1949 sur les publications destinées à la jeunesse.
ISBN : 978-2-218-99255-1 • Dépôt légal : 99255 1 / 04 - décembre 2017
Achevé d'imprimer par Pollina à Luçon – France - 83205

Un nouvel ami pour Ratus

Une histoire de Jeanine et Jean Guion
illustrée par Olivier Vogel

Ratus
Marou
Mina

Belo
Mamie Ratus
Le marchand d'animaux
Les personnages de l'histoire

Pour sa fête, Ratus rêve d'avoir
un animal de compagnie. ①
– Quel animal voudrais-tu ?
lui demande sa mamie.
– Un âne, répond Ratus.
Alors Mamie Ratus achète
un petit âne gris
à son ratounet tout vert.

Mamie Ratus a acheté un animal à Ratus. Lequel ?

Dans le jardin, l'âne regarde
Marou et Mina, puis il frotte 2
sa tête contre Ratus.
– Hi-han ! fait l'âne.
Tout heureux, Ratus saute 3
sur le dos de l'animal.
– Je suis le chevalier vert ! 4
Mais l'âne ne bouge pas.
– Hue ! Avance ! crie Ratus. 5

Que se passe-t-il dans l'histoire ?

L'âne gris part au galop,
freine d'un seul coup, 6
puis il fait une ruade 7
et il envoie Ratus
par-dessus le mur des chats.
Le rat vert tombe à plat ventre
dans le potager de Belo. 8

Trouve ce qui a taché Ratus.

Ratus se relève en grognant : (9)

– Je suis tombé sur les tomates
et je suis tout taché.

Marou prend le jet d'eau (10)
et il arrose Ratus pour le laver.

– Cet âne a mauvais caractère, (11)
dit le rat vert. Je vais
le rendre au marchand.

À quoi joue Ratus avec sa chèvre ?

Le rat vert échange son âne (12)
contre une chèvre.
– Elle aime courir, dit Ratus
à Marou et à Mina.
Il grimpe sur son dos et crie : (13)
– Hue, la biquette ! Je suis
le chevalier vert.
– Bêêê-bêêê ! fait la chèvre
en secouant la tête.

Qui a mis la chèvre en colère ?

La chèvre n’a pas envie
de jouer au cheval. Elle se cabre 14
et fait tomber Ratus.
Comme il veut remonter
sur son dos, elle répète :
– Bêêê-bêêê !
Et elle lui donne
un coup de cornes !
Alors le rat vert la ramène
chez le marchand. 15

Trouve les deux animaux que Ratus ne veut pas.

– Cette chèvre est méchante,
dit Ratus. Je vous la rends. (16)
Je veux une bête sans cornes,
et qui ne rouspète pas. (17)

Le marchand lui dit :

– Je te propose une autruche. (18)
Elle n'a pas de cornes
et elle ne parle pas.

Ratus repart avec l'autruche.

Que fait l'autruche quand Ratus crie ?

Une fois dans son jardin,

Ratus montre son autruche

à Marou et à Mina.

– Elle est très gentille, dit-il. 19

Il saute sur son dos en criant : 20

– Hue, l'autruche ! Je suis le…

Le gros oiseau prend peur 21

et se met à courir.

Ratus s'accroche à son cou.

Qu'arrive-t-il à Ratus ?

– Au secours ! crie le rat vert.
Plus il crie, plus l'autruche a peur
et plus elle court vite !
Elle fonce sur le chemin, [22]
puis elle s'arrête net. [23]
Ratus s'envole et tombe
la tête la première
dans un tas de sable.
Marou le tire par les pieds [24]
et Mina rit de bon cœur. [25]

Ratus retourne chez le marchand
pour rendre son autruche.
– Je n'en veux plus, dit-il.
C'est une froussarde
et elle m'a jeté dans le sable !
– À la place, je peux te donner
un singe, dit le marchand.
– Ah, non ! dit Ratus.
Il me ferait des grimaces.

26

Le marchand réfléchit.

– J'ai un vieux boa très calme… 27

– Non, je ne pourrai pas monter sur son dos, répond Ratus.

– Un perroquet qui parle ?

– Surtout pas ! Il raconterait où je cache mes fromages.

– Tu es difficile ! dit le marchand.

Qu'est-ce que le marchand va donner à Ratus ?

– Si j'ai bien compris, tu veux
une bête qui ne parle pas,
qui n'a pas de cornes,
et qui ne te fait pas tomber.
– Oui, dit Ratus. Ce serait parfait.
– Alors, voilà ce qu'il te faut !
Et Ratus sort du magasin
avec un gros bocal…

Pour rire, que dit Mina à Ratus ?

Depuis ce jour, Ratus parle
à Jojo, son poisson rouge.
Cela fait rire Marou et Mina.
– Jojo va jouer au chevalier vert
avec toi ? demande Marou.
– Pose-lui la question, dit Ratus. [28]
Il répond en faisant des bulles. [29]
– Il fait des bulles ! s’écrie Mina.
Il dit que tu dois apprendre
à nager !

Retrouve ici
les mots expliqués
pour bien comprendre
l'histoire.

Alphabet des majuscules

A a	H h	O o	V v
B b	I i	P p	W w
C c	J j	Q q	X x
D d	K k	R r	Y y
E e	L l	S s	Z z
F f	M m	T t	
G g	N n	U u	

1

un animal de compagnie
Un animal qui vit avec nous.

il frotte sa tête
L'âne s'appuie contre Ratus pour faire un câlin.

3

heureux
Content.

so-te
il **saute**

4

un **chevalier**
Un seigneur qui combat à cheval.

5

hue !
Le mot que Ratus crie pour que l'âne avance.

6

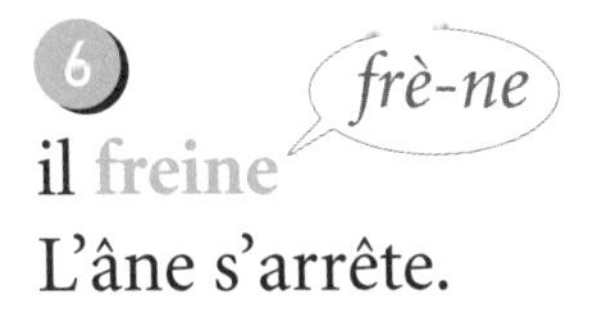

il **freine**
L'âne s'arrête.

7

une **ruade**
L'âne lance en l'air ses deux pattes arrière en même temps.

8

le **potager**
Jardin où l'on fait pousser des légumes.

9

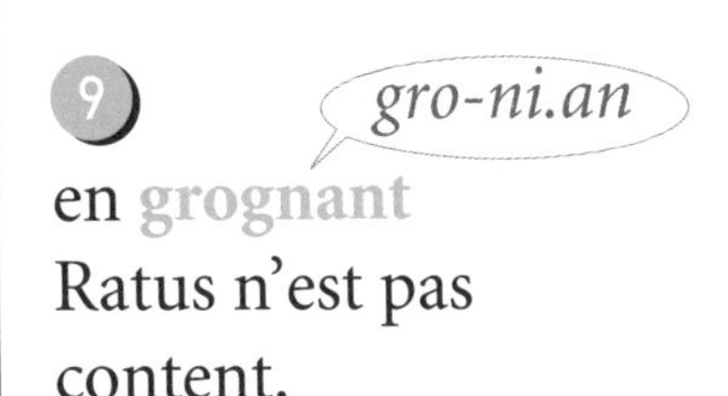

en **grognant**
Ratus n'est pas content.

10

le **jet d'eau**

Le tuyau *tui-io*

pour arroser.

11

mauvais *mo-vè*

Pas bon.

12

il **échange**

Il donne une chose
et il a autre chose
à la place.

13

il **grimpe**

Il monte dessus.

14

elle **se cabre**

Elle se met debout
sur les pattes arrière.

15

chez *ché*

16

je la **rends** *ran*

Je la ramène.

17

rouspéter

Grogner.

18

je te **propose**

Je te demande
si tu veux.

19

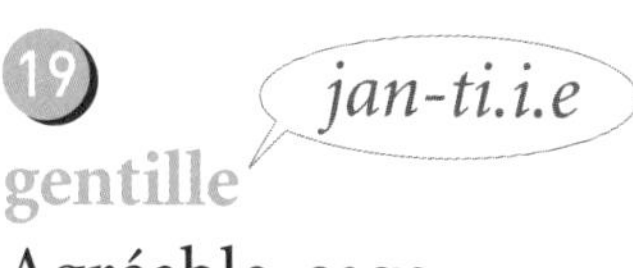

gentille

Agréable, sage.

20

en criant

21

un oiseau

22

elle fonce

Elle va très vite.

23

elle s'arrête net

Elle s'arrête d'un seul coup.

24

les pieds

25

de bon cœur

Mina rit avec plaisir.

26

une froussarde

Elle est peureuse.

27

un boa

Un très gros serpent.

28

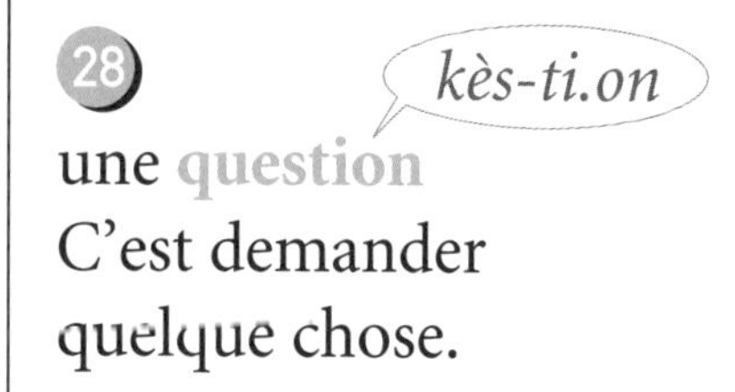

une question

C'est demander quelque chose.

29

en faisant

Il fait.

Pour bien lire
et bien rire !

Ils ont tous perdu une lettre. **Aide-moi à la remettre** !

a i u è e o

t●rtue

ân●

l●pin

autr●che

ch●en

ch●vr

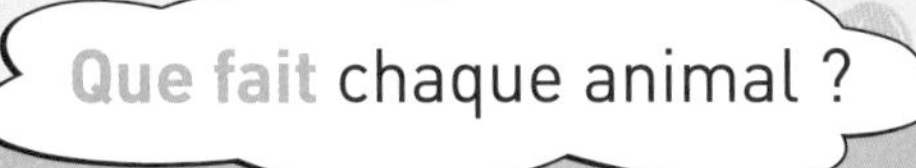

4

Il joue au tennis avec Ratus.

Il promène son ami sur son dos.

Elle donne un coup de tête au ballon.

Il est content et il lèche le rat vert.

L'animal qui n'est pas là
ferait peur à mon ratounet !

J'ai un joli petit âne gris à vendre.

Je veux acheter un âne pour mon ratounet.

Avec un âne, Ratus va faire des bêtises.

Découvre d'autres histoires dans la collection :

6•7 ans et +
niveau 2
PREMIÈRES LECTURES

Une histoire à lire tout seul dès le 2e trimestre du CP, avec des questions-dessins et des jeux de lecture.

Collection
Ratus
Les belles
vacances de
Ratus
Une histoire de Jeanine et Jean Guion
Illustrée par Olivier Vogel

35

Collection
Ratus
Ratus
en ballon
Une histoire de Jeanine et Jean Guion
Illustrée par Olivier Vogel

8

Collection
Ratus
Ralette
reine du
carnaval
Une histoire de Jeanine et Jean Guion
Illustrée par Luiz Catani
Hatier
jeunesse

28

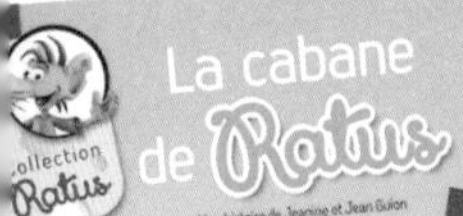
Collection
Ratus
La cabane
de Ratus
Une histoire de Jeanine et Jean Guion
Illustrée par Olivier Vogel

4

Collection
Ratus
Le poney de
Ralette
Une histoire de Jeanine et Jean Guion
Illustrée par Luiz Catani
Hatier
jeunesse

9

Collection
Ratus
Un nouvel ami
pour Ratus
Une histoire de Jeanine et Jean Guion
Illustrée par Olivier Vogel
Hatier
jeunesse

22

Et aussi...

7•8 ans
et +
niveau
3
BONS
lecteurs

Des histoires bien adaptées aux jeunes lecteurs, avec des questions-dessins et des jeux de lecture.

13

37

14

10

36

23

27

30

Et encore...

8•10 ans
et +
niveau
4
TRÈS BONS
lecteurs

Des histoires plus longues,
pour le plaisir de lire
avec Ratus et ses amis.

19

34

18

20

25

38

Les bonnes réponses aux questions-dessins

Tu es un super-lecteur si tu as trouvé
ces **11** bonnes réponses :

2, 5, 9, 10, 14, 16, 19, 22, 23, 27, 32.

Les solutions des jeux de lecture

Les lettres perdues (page 38)

t**o**rtue, l**a**pin, chi**e**n, ân**e**, autr**u**che, ch**è**vre.

Que font-ils ? (page 39)

N° 1 : il promène son ami sur son dos.
N° 2 : il joue au tennis avec Ratus.
N° 3 : il est content et il lèche le rat vert.
N° 4 : elle donne un coup de tête au ballon.

Les mots coupés (page 40)

vache, poisson, cheval, cochon, tigre, mouton.

Mamie Ratus dit que le tigre ferait peur à Ratus.

Qui dit quoi ? (page 41)

Mamie Ratus : Je veux acheter un âne pour mon ratounet.
Le marchand : J'ai un joli petit âne gris à vendre.
Belo : Avec un âne, Ratus va faire des bêtises.